酸面团

王舒童

good day
Happy New Year
台北→瑞芳
票價 49元
No 0291
slowpoke
2014. APRIL. H.K.
To do List

线装书局

0527——代序

2014-05-27 20:26:38

连续下了二十多天的雨停了。

今天英国文学下课时

Dr.Adams 说：“下周之后你们就再也见不到我了！”

她没留给我们伤感的余地　自己先笑了起来。

她一直不喜欢这里。希望她在土耳其快乐一点。

昨晚想到一个曾经非常讨厌的人

奇怪的是

我已经记不起她的样子

上周四日语课结束后

研究生学姐说她因为一些原因不能再继续教我们

“以后的课程都由另一位老师给大家上，谢谢大家！”

上上周

自习完准备回宿舍时

发现放在教室外面那把用了两年的雨伞不见了

好在当时没下雨。

桌上的小盆栽

因为我一直粗心疏于照顾

在这学期的某一天

仅有的四片叶子也变黄了。

告别让人疲惫。

但我不是要为告别而难过的。

我是想要感谢你们

经过、陪伴、改变了我。

带给我无限的可能性。

嘿，像不像酵母和面团的关系？

把这几年零零散散的想法印一本书

其实是很久之前就想做的一件事

但每每回头整理时

都觉得面对自己是件无比尴尬的事

于是也就不了了之

只是最近忽然意识到

这个想法已经发酵了太久

再拖延下去就要坏掉了。

虽然脸皮不够厚　但还好头皮够硬

硬是像个反刍动物一样

把曾经“为赋新词强说愁”的苦恼和酸涩的想法

又咀嚼了一遍。

如果我学着大作家的样子

把这样一本小书献给谁谁谁有点好笑吧

而且想要提到的人也太多。

但有一个要特别感谢

就是帮我画封面和插画的马团长

（她有个好听的英文名字 Tiffany）

十分窃喜

能在她成为难以企及的大插画家前

得到一张封面。

代序之后，有很多待续。

目录

2014

2009

2014

0511

2014-05-11 23:36:05

最近在忙着烦恼。

写作课的 final essay 要写《搏击俱乐部》的文学评论

后现代主义真不是一时半会能理解的

可能是

原始的生命力量对抗消费主义社会中的虚无?

追求具有仪式感的重生?

一次后现代的 monomyth ?

想多了自己先变得后现代了。

最近还在忙着尴尬。

面前的所有事情都停在了百分之六十

继续扛着和放下都不容易。

人人有要独自面对的人生无常

知道有些东西既不可遇也不可求

但知道到坦然之间

要经过什么

我还没有答案。

0510

2014-05-10 01:11:59

忽然想到了一个很久没联系的朋友
很久没联系
是因为我不够大度
发生了一些事情之后
单方面切断了联系。

我想看看你过得好不好
但我不确定我到底希望你过得好还是过得不好

0508

2014-05-0823:17:39

真希望心里能磨出一层茧

下一次分别

少难过一点。

0507

2014-05-09 23:31:12

有时候比起绝对正确的答案。

我更需要的

可能是无条件的支持。

0429.5

2014–04–29 21:20:13

对于一件事的极度恐惧

往往把人们推向另一个极端。

平衡从来不是结论。

而是方向。

0429

2014-04-29 00:14:50

这一两年里

越来越不敢对别人生气。

吵架之后也会硬着头皮先道歉。

也不是真的每一次都觉得是我的错

只是在施比受的关系中

做施的那个让我更坦荡一点。

0414

2014-04-14 22:35:01

你可能也察觉了

我不是一个有执行力的人

也常常因自己的反复无常而狼狈

又拖累了别人

真抱歉。

很多话在人们开口前我已在自己的心中听到

下次我会学着不做逃兵

0413

2014-04-14 00:28:22

买萧潇的 Beautiful Angel 那年我 13 岁
在唱片店看到好几次终于买回了家。
后来专辑中出现的一些名字变成了我好喜欢的人
像张悬和 ciacia
我也终于去台湾生活了一段日子。
忽然觉得这些人和事早早就在那里了，
都是该遇见的，该发生的。
所以不用急。

二十一岁这一年我给了自己无限的谅解，耐心和纵容。

0412

2014-04-13 01:09:16

搭一班很摇滚的飞机到 HK 和要好的伙伴谈论人生
在两个擅长独处的人在一起时
陪伴是没有野心的。

慢慢发觉
我并非如我曾以为的那样迷恋过去
因为想不到一个瞬间
让我甘心不再去看未来的可能性
即使是频频回头
也多半在庆幸
今天不是昨天。

0410

2014-04-10 23:21:02

可敬的对手。

因为住在一起而要一起去做一些事情的朋友。

不喜欢但不能否定的同学。

努力也无法产生好感的人。

相敬如宾地喜欢。

老死不相往来地讨厌。

这些都是最近听来的

关于人和人之间的描述。

和人相处是一件太高深太微妙的事情。

0406

2014-04-06 23:57:37

这几天总想起马太福音中的那篇

The Parable of the Sower

人们都忙碌

即使四目相对时

也像隔着一个世界。

回到旧环境不比适应新的轻松

当我们改变的方向不再相同时

我会难过

也会全心全意祝福。

0314

2014–03–14 23:37:00

如果在台湾的日子是一段 initiation

那么回来之后的每一天都像是

又迟钝了一点

人们总是可以在别人的经验里为自己的情感找到依托

比如有时讲

衣不如新人不如故

有时又讲

一见如故相见恨晚

可以找不到钥匙找不到鞋子找不到一本书找不到合适措辞找不到自我

但永远找得到借口。

0309

2014-03-09 23:07:02

一定还有更健康的沟通方式
只是我还没学会而已。

发生在生命里的事
也许没有事情发生的顺序重要

常常要等到黑夜
才能发现在哪个角落里
有哪些人，发着和你相似的光

每个人都有自己存在的方式
我吗？ 可能是脆弱吧。

不期待别人能懂
更不期待除了自己之外还会有谁珍惜

但偶尔抬头看到海上的灯火

比较平静的自己就会对很沮丧的自己笑一笑。

那么多不容易的日子也都一个人过了
真不知道陪伴对我来说还有什么意义
罢了
独立终究不是坏事

0308——灯火

2014-03-08 22:23:15

傍晚过天桥时
抬头看到海上的灯火
和路上不断延伸的光亮
想起曾经听人说过
远处的灯光像神一样
一瞬间竟然热泪盈眶。

我的存在依赖于脆弱
我的脆弱带来疼痛
而疼痛让快乐真实。

永远不会停止
像万物生长凋零腐败又再一次生长
像潮水涌来又褪去
像城市里川流不息的人群
永远走不出的
才是生活。

0305

2014-03-05 22:38:03

小桢唱：

“这世界　对我们来说　不是想象得那么自由辽阔”

是的。

看起来像是面对不了的问题

其实是面对不了自己

而决定不躲不闪坦然去试着往前走一走的时候

眼前就出现了路

今晚和晓欢嘉怡一起吃饭

美丽的朋友真是生活的馈赠。

0302

2014-03-03 00:06:10

每天反复数着这半年要做完的事

就是这些了

当回头和往前看都不能再带来一点慰藉的时候

自然就学会了

活在当下

第一次因为自己的改变而觉得安心。

生活的反面依旧是生活。

0225

2014-04-29 21:22:25

有时候也怀疑

在台湾的130天是不是只是一场每天醒来就远离一点，忘记一点的好梦

但我更愿意相信那才是生活的样子。

终于理解了那句歌词：

是的。我有见过我的梦。

0223-To Ebb.

2014-02-24 01:39:52

曾经好多次看到

喜欢的歌手为别人写下：

自由、勇敢、平安、有爱

我还没有得到过亲笔写下的这些祝福

只是今晚忽然发现

在深深喜欢着她的这段日子里

这些祝福，正在被我一次一次地实践着。

独自从厦门飞到台北看一场演唱会

匆忙又圆满

这不是明天醒来就会忘记的一场好梦

而是我拥抱过的梦想

碰撞出的感动，变成改变的力量。

改变正在发生

就让它继续

于是发现，生活不再是密不透风的。

有很多人，给过我很多爱
以陪伴的方式，以照顾的方式
以沉默的方式，以离开的方式
爱的模样不同。
这些爱让人有勇气也懂得分寸
也因此，在潮水来去之中
学会谦卑并好好和自己相处，
有时甚至可以照顾到更多人。
该说声感谢。

0220

2014-02-20 21:40:18

有对称性的日子。Symmetry

我自然也明白自己不该像个患肠胃炎的垃圾桶

但

总有些时候

快乐什么的

实在不容易。

Like Stars on Earth

2014–02–12 23:57:12

也是长大之后才明白
更漫长的孤单来自于不被理解
而不被理解和不被关心、不被爱是不一样的

就像不想被担心和不需要关心不同。

但谁不是磕磕绊绊着长大的呢。
真不好意思关在自己的房间里继续自怜。
外面的世界以拥抱的形状，等你走进。

0209

2014-02-09 20:59:34

人被四面八方的念头浸透之时，

话却越说越少

越破碎

越隐晦

越像逃避着什么。

0208

2014-02-08 20:10:40

孤单的状态无法掩饰。
而每一次的孤单都那样相似
相似到像得到了另一种状态的陪伴。

有一些时候
面对不能保证它美好的事
我宁愿亲手毁掉。
这样霸道又幼稚的想法
我从不敢对旁人提起
而宁愿也多半停留在愿
没有真的那样做。

如果我最近又懂得了一个道理
那就是先把得失心放下
才拿得到想要的东西。

0206

2014-02-06 23:20:05

以前

很多不被理解又懒得解释的日子里

身边的人不断经过

陪伴的感觉于我总是种奢侈

我敏感又不会好好表达

只是偷偷羡慕着互相依靠甚至依赖的人们

在被发现以前

恢复“我不在乎也不需要”的样子

其实在很长一段时间里，这让我有点自卑

那天晚上躺在床上久久睡不着

出现了一个奇怪的念头：

想走进平行时空里

很多个同样睡不着的自己身边

告诉她

这一切都会过去的，要好好长大

相信我。

0131

2014-01-31 01:21:28

人们嫌弃的拧巴

也就是我这个不容易被讨好又莫名其妙过分殷勤的样子吧。

0127

2014-01-27 00:31:50

当我懂得的更多
而学会了筛选和保留之后
当我去了更多的地方
把世界越走越大之后
当很多以为无边的东西
走着走着就到了尽头
而追求的极致却变成一种虚无
当我因为无知感到惭愧
又同时被太多的念头拉扯
……

我常厚脸皮地
为自己偶尔的施和善而沾沾自喜甚至自我感动
而后获得精神上的优越
每当发现，一直以来
我都被很多人宽容无声地照顾
便羞愧的不知所措

0122

2014-01-22 23:43:44

生命不是密不透风的。
就像张悬唱的那样吧
“日子有来有往”。
在彼和此的生命中交织，成为彼此。
人在脆弱的时候，
常常有很多无处安放的信任，
以至于来者不拒。
而落井下石冷嘲热讽虚情假意的人从来不少
所以我更感激
在每一个迷惑的时刻，
能够遇到撑得起这份盲目信任的人。
载着我渡过湍急的河

0119

2014-01-19 01:01:33

台北最后一夜

打包好的超重行李。

和空荡荡的感觉。

0118 Day130

2014–01–18 21:32:09

这可能是我对自己和对别人最用心的一段日子。
扎扎实实的一百三十天
我害怕隆重的告别
和仪式一样的结论或者结果
总来不及将自己的情绪放稳
就要收敛、克制
然后再一次匆匆出发。
每一次。

在时空的局限里被迫面对结束这件事
而在无限的自我里
却总发现所有的事情都像在一杯清水里滴进墨水
纠缠　冲突　也因此互相成就。

0116

2014-01-17 02:18:36

考完了新闻英语

和老师告别之后有点难过

第一次对家之外的地方

产生了这样强烈的牵绊

有多想回家就有多想留在这里。

I guess that's it.

完完整整。

0115

2014-01-15 23:41:02

最擅长胡说八道的人

此刻心里却只剩下了谢谢　和抱歉。

或者说

我爱你，再见。

0114

2014-01-14 00:11:55

完成一件事之后

无论结果怎样

好像总有那么一段时间是空洞的

但空洞有空洞的意义

谁能只说不听

只走不停

0113

2014-04-29 21:27:15

想不通

像我这么讨厌考试的人

是如何坚持了 14 年没有辍学的。

还好今晚有书可背有事可做有歌可听

来不及心情不好

0110

2014-01-10 13:38:48

希望在我的脸皮破了就再也无法修复的时候到来以前
去做更多以后回想起来会笑会哭的蠢事
蠢就去蠢到极致
蠢到甚至有点酷

以后还有那么多的日子要小心翼翼地过
还有那么多的人和事要体面地应付。

还有力气的时候就活的用力一点
命运对年轻人总是宽容

0108

2014-01-08 01:42:33

真难得

我可以心情很好地

在这个时候还认真敲着 Bible 最后一次 Group Report

而不是像往常

一种没来由的情绪莫名出现

很多个夜晚

像噩梦一样缠着我

当发现无法控制的脾气和表达不当的真心可能只是两个角度的问题

很多时候也就释然并且原谅了自己。

就这样吧　晚安。

0107

2014-01-07 23:44:02

酷不起来的一个人

心里永远软绵绵的一团。

一个语言学低分报告

都足够我难过四十分钟了。

这样怎么潇洒起来?

今天是山毛榉生日

我们买了手工 pizza 和每一间 7-11 都买得到的酒

坐在餐厅旁露天的木桌子

吃完、喝完，话说不完。

很感谢她

这半年最好的伙伴。

希望剩下的日子一切都好

希望离开台湾之后也不要断了联系

0104

2014-01-04 19:14:32

我的今天　简单到只想要蔬菜　水

书　和音乐。

支撑这些的

是像 lasagna 一样厚实

又没有烦恼的一颗心。

或许每个人

在成为自己之前

总要经历很多的摇摆不定

走向很多极端

即使看起来带着一点“走了一圈又回到原点”的沮丧和无力感

但也许已经盘旋上升到了另一个维度。

那里埋藏着更多的可能性

喂养着更疯狂的美丽

0104

2014-01-04 01:04:44

其实事情还可以更坏的。

好听的敷衍多过不讨好的真心
但偶尔也会遇到做得比说得好的人
让人有点心疼。

我始终觉得我们的交集不该局限于此
却也不知道我的期待该面向何方
好多事情我也是这么相信过来的
也许这才是台湾这片土地
对我来说最重要的意义：
把一件事情坚持到不再需要刻意坚持。

0102

2014-01-02 23:39:37

今天从博客来扛回了一箱书
对于怎么带回去这个问题
我早就以呵呵应万变了。

在事情一点点接近理论上的结尾时
会有一种压抑的兴奋
说理论上是因为
事情的结束往往不像 101 跨年烟火那样隆重又痛快
情绪上的剥离还要继续很久。
我们是恒温动物，毕竟。

当我发现我们的一些想法十分契合的时候
真是开心。
还是因为　本来就属于你
只是在经过我的时候　我努力留下了一些?
生命的交集　这也算一种吧

0101

2014-01-02 01:25:41

Today is the first good day of the year.

刚刚听到杀死那个石家庄人

“夜幕覆盖华北平原……”

一瞬间觉得

无论到多远的地方

局部的我一直留在那里。

日落之后

我和山毛榉坐在渔人码头

有一句没一句地聊着

凉啤酒喝完反而不再觉得冷

远处天空还有好看的红色的光

海平面下是不是能看到相反的世界。

而那里的我们是一样的。

2013

1230

2013–12–30 20:23:37

去年今天

我一个人从宿舍走到主楼旁边的音柱下面听那期做的不顺利的自由音乐。

快到结尾的时候小伙伴来陪我

在最后一首歌结束之前给了我一个拥抱。

平行时空里

希望那样不动声色的力量继续下去。

物是不是我没那么介意，人是就好。

1229

2013-12-29 23:27:58

重在参与的精神总是好的。

今天我尝试写长一点，不嫌弃自己啰嗦又辞不达意。

一年一次的频率勉强可以被原谅。

突然有了一种“这是新年总结”的压力。

今年我把一个梦想从心里搬到了脚下又搬回心里。

也许当我不再寻找而是拾获的时候

就是事情自然会发生的时候。

我总是试图用一种自己都忍不住欣赏和心疼的方式

解释我的生活

可能在别人眼里我顶多是唐吉坷德的驴子

或者像个破塑料袋也说不定。

改变要从接受开始。

自由是，

心里的每一个酸面团都可以不用顾忌不用掩饰地

好好发酵。

变成我也想象不到的形状的面包。

唯有面粉，香气不变。

晚安。早安。

1226

2013–12–26 16:01:48

片刻的决绝之后是很久很久的不好过。

以为看透看穿了的事情

有一天突然看不见了。

口口声声渴望安稳

又不时对着自己开一枪

下午四点半

在过分清醒的时刻

突然需要一杯咖啡

没错　人的确要懂得知足

但这并不是说我就不能够失望

1223

2013-12-24 00:11:40

所以说

骨子里还是个狂野人士吧！

1219

2013-12-19 01:51:50

牡蛎可能并不介意随波逐流

哪里都对

只要让它更像自己。

珍珠才是真正的方向。

1218

2013-12-18 01:00:34

一夜昏昏沉沉睡出一身冷汗

回报是多了一层眼皮……

1216

2013-12-16 16:50:10

如果所有的当下能够停在当下
那么就简单一点
寄希望于时间的加速或停滞
在你放弃这念头前
并不会更好过。
直到有天回头看
看着一些瞬间的膨胀
和另一些瞬间的消沉
竟然觉得困惑。

再久一点
好像看到了隐约的不安
和微光。

如果所有的当下就固定在当下
不需要再经历时间的检视、反思和推敲
也不用努力酝酿出什么

在面对自己时

是不是可以少一些尴尬和遗憾。

1215

2013-12-16 00:03:04

台北下雨了。

站在雨里感觉得到温度一点一点从脚下流走

在不太冷的中午居然开始发抖。

身体比较诚实。

人心最会逞强。

暂时无法实现的一些事

放在更漫长的时光里

可能是发芽慢半拍的种子

1214

2013–12–14 21:17:19

我觉得有一天我会想念
一切单纯但不脆弱的东西。
带着原始的生命力量。

宽容、没有野心。

如果说有点失落
那只是因为发现了我从来不是独一无二的存在
这让我有点难堪
因为始终对一切的“大多数”保持着一种疏离
或许独一无二的，是我单向的日子。

1213

2014-04-29 21:29:59

事情是新的

但感觉都是旧的

只怕再也无法累积出那么多而已

而感觉又常常比感觉的对象更明确。

1212 中热拿

2013-12-12 10:31:43

记得那年去澳大利亚

悉尼机场弥漫的咖啡味让我头疼

两三年前

去 Costa 也只点果汁来喝

也不知道从什么时候开始

课上到一半会有冲出去买一杯咖啡的想法

大概分得清 Americano Espresso Latte Mocca

只是依然以喝冰可乐的架势喝咖啡

可能

改变这件事

旁观者看得到

自己却未必

或者说

不回头是看不到的。

唏嘘或者惊喜，却只由你决定。

1211 日安

2013–12–11 15:02:32

我又开始间歇性地非常讨厌自己
好像好不容易累积出的那一点点平静和满足
就这么没了。

还是从始至终我都是那个自己表扬自己的 Rich Fool？

1211

2013-12-11 14:57:26

台北降温了。

万千念头变化的比我打字快

所以你看到的

才显得零散和语无伦次

一首好歌给人的陪伴是最不求回报的

永远在那里

耐心重复着它的箴言。

泛台北日记 1209

2013-12-10 01:21:48

很久没有像现在一样感觉彻底的累

和清醒

我也不知道是真的改变

还是日子太安稳就生出了种种假象

沉默和如何沉默

都是太少人懂得的道理

我只知道

自己又讲了不少自以为是的蠢话。

泛台北日记 1206

2013-12-07 13:49:03

两个被方向感和经验欺骗的人

最终凭借强大的精神力量和强壮的双腿

找到了东区粉圆

鼓掌！

大安森林公园

这名字我早早就听过

就觉得很好听

就很想去看看

看到了

也说不上惊喜或者失望

“哦，原来是这样啊”

这样的感觉更多。

对台湾也是这样

要从自己的梦里走出来

冲撞、坦白、接受

不要过度保护

才有可能看到真正的光。

不是反射或者折射或者倒映的光。

而是直接的。 有温度的。

1206 泛台北日记

2013-12-06 00:37:50

相对健康的迷恋

（或者迷恋本身就否定了健康）

不是你做了什么我也要去做一遍

而是因为你的存在

我更加接受自己

和宽容生活里的种种不尽如人意。

文学课第二次学 The Lottery

我顺着自己的想法又想了一遍

没错

危险的是

人们的同理心只建立在同一个立足点上

而转身是最容易的事。

转身，然后加速

逃离。

不知道这样写下去会不会有真正值得的东西出现。

或者会像肠胃炎一样
吐得狼狈

最后只剩下彼此都难堪的苦水。

1204.5

2013-12-04 11:45:11

图书馆里有喜欢的书

餐厅有好吃的面包和很多蔬菜

选到喜欢的课

内容不多但受益良多

可以常常去 live house

宿舍有烘干机和乌龙奶茶

就算到一个陌生的地方走在路上也觉得安全

人们都愿意多做一点而不是过度维护自己

自然也不会有被辜负的受害者心理

如果让我继续说喜欢台湾的原因

我还可以轻松讲出这么多。

不留情面的批评总让人尴尬

但……算了算了

能听到的

一定不是最差的评价……

呵呵呵。

1204

2013-12-04 00:37:54

请你像那个见多识广的五百多岁的牡蛎一样
心里容得下天空和大海　也容得下泥土和沙砾
在或动荡或沉寂的漫长岁月里
照顾好自己。

我也会。
因为这是我能想到的
不辜负那些爱和期待的最好方式。

只是当我发现世界上有一个这么酷的牡蛎的时候
它已经死了
唉
反正你懂我的意思。

1201

2013-12-01 23:52:51

毫无保留又不抱期待地爱一个人
是辛苦但值得的修行。
想到
在你从没去过的地方
有一个还没来得及有交集的人
像两颗光亮微弱的星
在夜晚碰巧看到了对方。

总以为自己是受害者
连自由也显得小心翼翼不够洒脱。

还是想办法买到了 ciacia 演唱会的票
而我也越来越发现
一个念头只要在一瞬间出现过
就再也没办法假装看不见听不见。
只好等它慢慢长大
和它心平气和地对视。
然后想个办法解决。

1128

2013-11-28 23:34:29

今天感恩节。听说的。

季帆打工回来带回甜甜圈送给我们。

我决定过一个他山之节

好好地感谢。

一直觉得一个人要得到很多很多的爱

才知道如何爱自己以及爱别人。

所以谢谢你们

陪在我身边而不只是经过。

让我即使是个废物也想做个潇洒的废物。

让我想要努力和你们一起走一段。

真的，谢谢。

1127

2013–11–27 23:20:04

没差。

反正也不是想想就能明白的。

明白了又如何

还不是心里装着冠冕堂皇的大道理

日子却过得一团乱。

不如多吃顿火锅的快乐更实在。

我只是不愿意面对平庸这件事

而对很多事情的刻意疏远

却让我从另一个方向

更加靠近。

1126

2013-11-27 00:17:31

从学会向想要的努力靠近开始
从懂得并不是努力就能得到开始
从明知努力也不一定得到
而还是决定努力开始
长大。

可是还要经历什么　然后变得多勇敢
才不需要像呵护一棵小树一样
害怕伤害

我害怕的是在长长的路上我永远是那个后知后觉的人
只能重复着“无奈在这刻你才重要”的心情。
也害怕我暗暗坚持了这么久的东西
只像每一件臆想中完美起来的事一样
没有来由　也不会结果

从越来越觉得自己可以不一样

到越来越觉得自己也就是这个样子了

唯一不变的是

世界很大而我却没那么自由。

胡言和乱语里也许找得到答案

而找到答案也无法制止我的胡言乱语

但愿

在面前的一段路上

永远有个背影

让目光可以落脚

look after

2013–11–25 23:01:45

如果我说就连伤害也是我溺爱自己的方式
你会懂吗。

1124

2013-11-24 18:21:03

台北下雨了。

我就是那种喜欢一个人常常喜欢到用力过猛的人
可是也因此有自己的收获。

现在的我
其实有很多个人的影子
对　就是 Pastiche
你们身上吸引过我的光芒
被我借来定义自己

比起期待着有一天你们转头看到我。
我更希望你们就一直这样好好地往前走。
让我顺着那个方向可以看到更远的地方。

我当然也希望可以靠近
但不是以你们停下来等我或倒退的方式

让我一点一点追上就好
这可能要等很久
甚至要等到我看到了更远更耀眼的人
但只有这样我才会快乐。
才能真正肩并肩地站在你们旁边。

人群中总有一些
对我来说
是特别的。

I need you so much closer

2013–11–22 23:55:51

相信我

每一次当我的脾气又失控的时候

受到最直接和最多伤害的

只会是我自己。

我用这样的方式试图让自己好过一点

不至于充满愧疚和自责。

但我明白

以一种伤害掩盖另一种伤害

实在不是个好办法

欲盖弥彰

在我不多的可以称之为“人生经历”的事里

我常常怀疑“真心”这件事。

我也问自己　哪有那么多真心？

然后回答自己　我就有啊。

然后就再一次陷入盲目的信任和尊重带给自己的种种麻烦中

算了　人总要有点自己的坚持。

我深深明白自己脾气不够好
而很多需要沟通和解释的时候
又太懒太孤僻。
所以对于留在身边的每一个朋友
都充满感激。

DCFC 重复唱着
I need you so much closer
现在的我想着好多人，
I need you so much closer……

1120

2013–11–20 13:45:32

一度因为之前在学校生活的不开心而深深自责

觉得自己没有让自己快乐的能力

只能依赖别人

和生活里那些无关痛痒的点缀

但来到这里之后

越来越觉得那其实不全怪我

那个环境真的不够好

天气总是太热而人情大多淡薄

不知道有多少本来可以做很棒的事的时光

就死在了过度小心翼翼和冷漠的态度里。

要被宽容

才让人不害怕碰撞可能带来的疼痛

继而发现更多的可能性

1118.5

2013-11-19 00:37:35

A：你一个人来吗？

我：啊，不是啦，朋友在兰屿

B：你一个人来哦！

山毛榉：朋友在台东

和山毛榉的台东之旅，虽然分开，

但还是各自走着各自的狗屎运。

这种感觉挺妙的

就像她带给我的那个磨损的浮标

和我带给她的被挤裂的释迦……

有故事可讲。

我开始学着为别人多做一点点。

或者多笑一下

年少时的坏脾气没办法和经年的真理抗争。

什么时候才可以
不是为了写而写
为了某种姿态而活
为了像谁而改变呢?

1118

2013-11-18 14:05:51

台北深秋。

我去剪了新短发

就变得像喜欢的歌手一点点。

这让我心情很好。

昨天睡到四点多被冷醒，爬下来换了厚棉被

然后一夜好眠。

起床之后室友嘲笑我睡太多

我拿着杯子慢慢喝水

室友在看康熙

就这么没头没脑地聊着

聊跨年要去吃麻辣锅、要去诚品通宵

聊圣诞会不会有很棒的歌手在女巫店表演

聊我等一下去剪头发回来会不会变光头……

漂洋过海背来的那本《要你命 3000》我已经很久没翻开过

心安理得地看了它一眼

然后干脆放到书架最上层我看不到的地方。

我已经受够了我总是谨慎的生活。

我把日子过得像《日子》的歌词

我原谅自己“彼时此时的愚蠢”

我试着“让缘分就是缘分”

1115

2013-11-18 01:47:50

你说你觉得每个人都有自己的命运

你愿意承受

是该觉得幸运

再差个几年

我们就无法在同一个时代同样年轻着

1117

2013–11–18 01:41:12

大概十年没坐过这么久的火车。

在“莒光号”上晃了 7 个小时

从台东回到台北

两天前“自强号”南下的时候

也是一样阴天

一样大片大片的稻田

对，就是《我不和你谈论》写到的那样。

一个人出门的时候

会分不清是自己和自己在相处，还是自己和世界在相处

或者都有吧。

星期六上午，我换上人字拖走到水果市场

买了咸棒冰和大杯青草茶顺着海的方向走

一直到太平洋边。

我大概明白了

为什么巴奈的歌声里有无限的宽容和爱意
和更深的无奈和忧伤。
那是对土地和生活的宽容和爱意，
以及因爱而生的无奈和忧伤。
而到底是天空更宽阔还是海更深
我还没有答案。
这样或许更好，
就像一个尚未愈合的伤口，
不断生长出新的启示。

每一个将醒未醒的梦
都像穿着夏天的衣服过冬。

这世界的确不够好
但是有许多像巴奈一样美丽的人
正背着沉重的补丁
缓慢但坚定地
走向每一个需要缝补的缺口。

1116

2014-04-29 21:52:21

很多本来是好或更好的决定

因为犹豫和患得患失

变成了好或不好。

1115

2013-11-15 01:24:28

有时候也不是不懂　事情可以有不一样的解决办法

或者说

更讨巧和被接受的处理方式

而是因为充分的信任和尊重

才愿意说最坦诚的话

可惜真心也难免被曲解和加以恶意的揣测。

也有相反的时候

无条件的信任

信任到连去辩驳和争论都觉得多余

1107–Her November Diary

2013–11–07 23:45:52

从不那么重要的事情说起总是简单一点。

今天是我吃素的第 18 天

啊？为什么？

开始是为了感冒好的快一点

感冒好了也就这么坚持下来了

为每一件事寻找意义

有点做作

可以感觉得到的变化是

在台湾的这段日子情绪平稳了好多。

1113

2013-11-14 01:22:43

身体和心都应该彻底觉醒一次，在老去以前。

这样才不需要用余生去寻找过期的答案。

2013-10-31 23:48:33

今天圣经文学概论 Ms.Sy 说：Don't be ashamed of our pasts The mistake in the past is to tell us how to go properly in the future.

1028

2013–10–28 22:00:42

为什么人们在说自己心里那些重且重要的事时

总像在隔岸观火地谈论别人的事情

Climbing

2013-10-28 21:23:42

There are ups and downs in life and you must accept that.

But do find a way to solve all kinds of emotions and feelings,

cuz that's the only way you get along with life.

我是想说

人不可能不经历情绪的起落

但

只要能用自己的方式梳理开

不致淤积在心里

也许就会觉得，生活也不过如此吧。

指甲油

2013–10–28 00:14:57

台北是个让人珍惜生活的地方。
你看　我又大言不惭地谈起了生活
别笑我　至少我态度是认真的。

在我为数不多的实用性想法中
我理想的生活
需要的不多。
好像所有的情绪都会有个合理的归宿。
好像所有的等待都不会被辜负
好像 living a dream
活在我无法毕业的台北情结里。

是不是
认真生活
就会像朴师傅的歌词：
“都会好的，总会有的”？

slave

2013-10-22 23:34:18

总是被嘱咐一些类似“按时吃药”并且“早睡”这样的事

道理哪有不懂的道理。

而无法实践的道理　就和屁话　是一个性质的。

但我知道那些是真的关心。真的。

换做是我，也讲不出什么更让人开心的话。

对了，他们还叫我“不要总屁来屁去的……”

我又因为自己的坏脾气浪费掉一天。

“有一天你会想到这里的每一天”。

2013-10-21 13:22:56

总是借由别人的种种遭遇来衡量自己的幸或不幸

这太残忍

可是也是最直接的办法

Take care.

我要做个敬业的病人。

Same old, same old

2013-10-16 00:14:58

新建了一个文档打算写语言学作业

结果跑到这里来说些除了自己没人看得到

就算看得到也看不懂的话

其实没人问我最近的日子如何

可是我又觉得，不能这样匆忙地、不清不楚地过下去。

那就跳出来看看。

像个局外人一样对自己指指点点

继续。

语言学的作业写的肝肠寸断。

室友在睡觉所以字要轻轻打。

自己心里决定了很多次的事，总是在开口前犹豫。

结果啊　我也不知道。

越来越理解黄碧云为什么说“到头来，生活处处都一样。”

因为你太熟悉自己

所以很难改变了……对吧。

觉得那些能真正脱离社交网络的人
都挺成熟的。不需要多余的善意
不需要别人的关心里残存的温柔
或者嫉妒和艳羡的目光中的炽热
就可以安安稳稳地生活下去。
有温度地活下去。嗯，我想起来了
这叫恒温动物。

不是不接触，而是选择脱离。
还可以保持人间烟火的温度。

生活很让人满意的时候
就讲不出什么像刀锋一样的话
所以如果我很久没开口
或者说的都是自言自语的傻话
请你放心，并且为我感到开心吧亲爱的。

1014

2014-10-14 23:46:31

有时候认真不起来

有时候又太较真

答案在张口却未说的话里

在想流泪却微笑的时候

lovely and amazing

2013-09-26 00:37:25

又看了一部 Emily Mortimer 的电影：

Lovely and Amazing

快到结尾时

Annie 问：你喜不喜欢我的新发型？

Michelle 回答：喜欢。

这是我最喜欢的片段。

那个片刻的空白不是转折点

甚至不会让明天有所不同

但是在那么多那么多让你忍不住说 fuck off 的时刻之后

那就是风停了的感觉。

Always on my mind

2013-08-23 01:03:00

当我吞吞吐吐的时候
我不知道自己是学会了保留
还是少了点勇气

人在年少时，总会说出
“不要成为自己讨厌的那种大人”这样的话
但这话本身是没道理的
他们只是比你更懂得这个世界
看得见的、看不见的规则而已
你的书包里从不装一茶一饭的生活
只装些阳春白雪所以才站得漂亮

道理我懂得不多
刚刚够我做一个 proper 的人
尽量不伤害别人
也不伤害自己
敬畏自然、敬畏生命

有对六便士的耐心
和对月亮的坚持

依赖是少数人的特权。

I'm April

2013-07-02 22:44:09

当我像旁观者一样审视着自己的生活

我甚至有点同情自己。

Can anybody help？

0701

2013-07-01 01:15:29

从来没有像最近一样感觉糟糕，糟糕　以及糟糕。
一件事情偶然没做好的时候
觉得是个意外
但是所有事情都做不好的时候
很难不怀疑自己
即使后来发现
这同样只是意外而已。
怎么说呢
这些问题我暂时无法解决。
或者我可能永远没办法解决
想到这里我几乎被自己吓死了
装傻不好吗　不够聪明不好吗？我不知道。
看起来匆匆忙忙时，想法却始终纠缠在那一两个问题上
所以事实上我还是无法动弹的
我在想，是不是要放弃点什么
或者等一等
但，等什么呢？

我还是不知道。

这就是我的近况。

这就是我糟糕，糟糕　以及糟糕的近况。

我甚至想指着自己的鼻子说

你要完蛋了。

Incapable of being happy

2013-06-22 16:00:58

Tizzy Bac 的新歌叫“你需要快乐才能活我不用”

but the truth might be that I’m incapable of being happy

和很多人相比

我都没有足够不快乐的原因

我不是因为什么而不快乐

我只是不快乐。

从一个状态到另一个状态之间

总会有一段“无状态”

无聊　无趣　无所谓　无压力　无所事事　的　无状态

最近我走得太快，快到每一天都觉得昨天的自己是个傻子。

因他人的期望而无法丢弃的一些东西，

寄生在我身上消耗着我。

那些你看不到的，都是我的生命。

0621

2013-6-21 00:51:50

你一直在往前走，

所以你坚持的事情和人可能在某一天就变成纯粹的消耗。

那就告别吧，别回头。

Peter

2013-06-10 23:58:01

最后一节写作课

拿到了上周写 John Lennon 的那篇作文。

不知道是不是因为是最后一次

Peter 的 feedback 比平时多。他说：

“Phoebe，

You have written your feelings and thoughts simply and clearly.

Therefore this is effective communication.

Therefore this is good writing.

Simple, clear, direct and honest writing is the kind of writing that touches people.”

Thanks Peter.

I will keep this in mind.

真心

2013-05-26 23:48:24

同甘是一件比共苦还要难的事情。

0512

2013-05-12 22:49:03

问题解决掉一部分

a lot more yet to come

就像月妈说的那样

其实我早就想到了会是这样的结果

我还是写了那期节目

说到底节目我是想做的

只是不喜欢这样的方式。

问题解决掉了一部分

但是还有更多更多，待解决。

没有更好的办法

只好硬着头皮一天一天往前挪

我是真的觉得累。

尤其是当我对什么都打不起精神的时候。

我觉得这很危险。

我还想继续说下去

就像以前一样

说些自己也不完全明白的话
或许会有人比我更明白
但那可遇不可求。

不再自做多情的时候，就陷入了另一种极端
在冷漠和滥情里，我永远找不到平衡。
我永远在找平衡。

我总被和我相似或相反的人吸引
还有另外一种
看起来相反
但我又能感觉到
其实我们是相似的。
这种相似，让我觉得不那么孤单

孤单这个词说出来有种裸奔的感觉
这当然不是什么值得骄傲的事

我们用各自的孤单相互慰藉

在这个世界里，用力生活下去。

但总有一天

会找到答案或是不必再多问的。

今天的第二十五小时

2013-04-30 00:44:22

0：44

真希望这是我今天的第二十五个小时

还有一首歌没听完

还有一瓶汽水在冒着气泡

还有好多想到一半的事情

还有一次不得已的离别

在“明天”

这是我今天的第二十五个小时。

现在我不用努力掩盖

我的那些并不那么积极可爱的念头。

也不用下意识地不停看着手表，生怕错过了什么。

我在一盏小台灯的单薄光亮下，获得了厚重的安全感。

我想今天永远不会结束，只要我不睡着。

当你不愿谈论生活

2013-04-28 23:34:56

想要的其实特别简单

有时甚至觉得

我只是想把不知道遗落在什么地方的一个个生活碎片再找回来。

我不是不认真生活的人。

但也许这才是症结：用力到不给自己和别人留下余地。

我不能用随便想出的一个答案敷衍着自己。

不想像海葵一样因为害怕痛苦而蜷缩，

也无法含着鱼刺般的念头而不动声色。

我懂得爱和恨

却总是用错方式。

Why is everything so hard for you?

2013-04-27 21:12:48

有些问题我反复想了好几年：

人会变吗？世界会变吗？

你需要真实还是安稳？

而此时此刻我能想到的最好的答案就是

所有存在的

都在经历一个不断推翻和重建的过程

但接近本质的东西是不会离开的

它们或许短暂离去

但总会被风吹回，被潮水带回

在季节更替中生长

被好心人拾起

每一次失去信心时

我都提醒自己

在我常常陷入倦怠的生活中

能遇到那么多特别的人

是件多么幸运的事情。

于是不敢再抱怨什么。

生命和生活，于我们这样的人，格外严肃和沉重。但即使并非别无选择，我也依然会用这样的态度去理解一切。

陪伴

2013-04-16 23:48:22

遇到越来越多的人

就越来越明白

其实不用期待什么刻骨铭心的相遇分别和重逢

最该珍惜的是当下的陪伴

害怕

2013-04-12 23:52:16

我害怕的事情有点多。
害怕自己和别人一样
而不一样的时候也害怕。
害怕打不通的电话
害怕无限期的等
害怕冲突
害怕模棱两可
害怕人群
害怕考试
害怕整天说着废话
害怕自己不够善解人意
害怕出门时衣服穿得不够整齐
或者头发被风吹乱了
害怕你们一个一个离开我
更糟糕的是发现这既不是你们的问题
也不是我的问题

害怕像现在这样

事情堆成山还拿得出时间烦恼

在拥挤的人群中

2013–03–14 23:16:31

“我终于失去了你　在拥挤的人群中”

这是最近在循环的歌。

虽然没有那样的经历

可是听完会觉得我懂，甚至希望为了这句歌词去经历这样的事情。

开学三周了

从一天早上开始我觉得什么都不对了。

可是也有一件特别值得高兴的事情。

余红说，我们这样的，注定是这样的命运。

Tahitiii

2013-03-13 19:12:39

他妈的这个学期为什么这么累

谁没等到错过了流星

2013-01-02 09:13:46

好像是突然就空闲下来了，

跨年那天慌慌张张有好多该说的该做的都没有实现

虽然现在有了时间，但那些应该留在当下的东西

又何必让它过期呢。

即使是不会腐坏的

也变成了不痛不痒的东西。

2012

黑眼圈

2012-12-02 20:56:12

Procrastination kills me.

连续下雨的第六天就会开始苦闷

晴天同理。

我就是那种

没有壶烧水的时候死缠烂打叫别人帮忙接水

买了壶又懒得烧水

依然到处厚颜无耻讨水喝的人

总是得先说些没谱儿的话……

也有时候想为自己辩解几句

只是往往决定说清楚一件事

甚至做好了吵架的准备

结果十有八九是自己先泄了气

而且又害怕自己自以为是的正义

不小心伤害了谁

所以什么都不说了。

忽冷忽热的天气和越来越短的头发

2012-11-26 23:21:02

晚上下课冒雨去看了少年派

看到一半就困的头疼

就像那年看阿凡达看到群魔乱舞的时候睡着了一样

我是去捣乱的

派看起来有点玄妙

还是我又不小心暴露了自己智商上的硬伤？ 唉。

也挺好女士

2012-11-19 00:21:25

对于说话这件事我似乎过度谨慎了

怕尴尬、怕无意间伤害了谁

结果总是说些无关紧要的傻话

然后在别人眼里我就是个无趣的傻人了吧

没头脑又不高兴

2012-11-18 23:11:16

还以为剪了短发

读以前读过的书

拾起过去的旧习惯

就能离我想念的地方和人近一点。

我真是个傻子

没头脑和不高兴在我身上合体了。

adness

2012-11-17 00:41:06

其实有些事我不是不在乎

我知道自己也没能扮演出一副不在乎的样子

看你的反应我渐渐明白了

我要学会不依赖

我要学会有些事放在心里

我要学会笑着揭自己的伤疤给别人看

我要学会不动声色

世界很大

而我又一次觉得无处可去。

我没有试图控制自己的坏脾气

它在我身体里像只发疯的犀牛横冲直撞

我不敢睁开眼睛

不敢开口说话

不敢呼吸

只好任凭它伤害我自己。

毕竟是 11 月，厦门的风也变凉了。

有个人叫有个人

2012-11-13 00:07:33

心情不好的时候才会想写点什么。

很多时候以为自己终于离开了、头也不用回了

还沾沾自喜地走着

下一秒就发现　自己不过兜了一个圈。

这真可怕　那些让你尴尬的东西

换了身衣服

再一次回到你面前

就像今天，又想起了高三分班那天

我坐在保送班教室上完两节晚自习之后

回家几乎要哭死过去了。

总是想起阿怡走过来拉了拉我的手

然后对我微笑

我只好一遍一遍地说

我想你们。我想你们。我想你们。

我爱你们。我爱你们。我爱你们。

在每一个可以用表情的地方加上一颗小红心

别怪我词穷

想到你们的时候

我心里真的就只剩下想念和爱了。

你现在的样子

2012-11-12 22:18:34

我也常常想停下来总结

然后作苦思冥想（或者是苦大仇深）状

而结果往往是

我发现自己除了

越来越胖越来越丑头发越剪越短脾气越来越差，之外

再也总结不出其他。

总想翻遍过去找出点什么来获得安全感

今天有一件大事

2012-10-11 23:43:06

今天有一件大事

Mr.Shut up 得了诺贝尔文学奖。

我并没读过莫言

但我是那种极容易被煽动被感染的人

就像今天上军理课看一段关于保钓的视频

也让我愤慨不已

所以

既然我也爱读点书

而莫言先生又无疑是个好作家

这对于我们来说是件好事情。

这些天让我高兴的事很多

最开心的是电台的笔试

写了一期关于张悬的专题。

所有的问题最后都会变成时间的问题

而人永远输给时间。

但至少现在的生活我十分满意。

爱让我成为我自己

2012-09-30 15:38:11

给这一周起个名字的话，就叫好事情周吧。

虽然不能去 SH 看亲爱的张阿悬，可是拿到苏打绿演唱会门票的那天，同样期待的两眼放光。

本部的生活太让人满意。

满意到，即使知道以后会发生令人难过失望的事情，也不那么害怕了。

farewell

2012–09–25 01:01:13

说再见的时候

有时候是希望能再见到。也有时候希望再也不要见到才好。

西方文明史和另外一件事让我有点苦闷

你知道有些事是不该怪我的，

毕竟，即使我不是受害者，即使我并没失去什么，即使我不该囿于过去，

我也有我的苦衷。

– "Always like this"

2012-09-24 22:55:04

– "Is life always this hard, or is it just when you 're a kid？"

可能是因为昨天没睡好。

其实基本整晚没睡

今天心情极度烦躁

高情商好像不是件能学习的事情。

城市

2012-09-23 00:04:15

Saturday night.

就是昨天，看着一百多页的美国文学和西方文明史，突然有了一点点上大学的成就感。

本部很好，除了那些不太好的但可以忽略的部分。

早上有课的时候，就拿着面包和地图去上课。

即使有关生活的一切琐事都要自己打理，学校也永远不是个接地气的地方。

对它的种种失望也好，不满也好，但对于大多数人来讲，学校才是一生中最接近梦想的地方。

再想下去恐怕又要不知所措了，读书吧背单词吧跑步吧洗衣服吧。

认真过今天吧。

也会看到很多人顶着让你羡慕不已的光环，但我真的不知道，那对于他来讲意味着什么。

也许是艰难的，不堪的，再也不愿想起的也说不定。

后来

2012–09–15 16:49:52

刚刚连好了路由器

新宿舍终于能住了。

其实只回来了 5 天而已

却像过了一个月一样

这种感觉真是不好。

但，

都会过去的

都会过去的

都会过去的

都会过去的

张悬说，后来，不是未来，而是从此、现在、今天。

我觉得，后来，不是未来，而是从此陷在今天。

etaf

2012–09–12 17:33:52

今天下午我比任何时候都讨厌这里

比任何时候都想回家

一切蓝天白云晚霞微风都是假的。

让你骗自己这里很好，你也很好。

有时候只有命运能解释那些穷尽一生也追求不到的东西。

tatoo

2012-09-07 00:13:25

那天走在路上，突然想到，再回到这里，就是世界末日之后的余生了吧。

但我想，若能幸运地安稳地走到我们的余生，所有伟大的渺小的平凡的高尚的庸俗的激烈的安静的模糊的清晰的一切，还是会以同样的方式继续。

因为我们“赖以为生存”的是生命的本质，而让我们之所以

成为我们，我们“赖以为生活”的，就是这些细碎的边边角角的东西。

我们世界末日后再见吧，就像每一次“明天见”那样。

窗外

2012-09-01 00:21:11

一说到过几天要飞回学校了，学妹很羡慕的说，她可能永远都没机会坐飞机上大学。

只是她不知道，我有多么多么多么羡慕那些买张动车票两小时后就坐在家里的人。

是的我胸无大志。我不想浪迹天涯。我就喜欢呆在家里。

这一年没少飞来飞去。丢过行李、手机、登机牌、订错机票，差点就坐在路边哭起来

每一次出门都特别凶险。

可能在学妹眼里，这样也有点酷吧。

如人饮水，冷暖自知。

喜欢黄昏时候的火车，和每晚慢跑一样。

今天的每日一歌是　蓝天白云

所有感官都不需敏捷用力的时候，心里最深的疑问才会浮现。答案也忽明忽暗。

再想一会儿，外面就什么都看不到了。

你就像一扇窗，永远把最不堪的东西留住，只在经意和不经意间，流露出一点令人向往的风景。我站在窗外，也并不试图看穿什么。

听不到

2012-08-29 21:51:48

其实那些试图从别人身上获取的，多半可以从自己身上找到。

有时候并不是在和他人的交谈中获得了什么，而是在表达着自己的过程中，找到了隐藏在心里的最真实想法。

倒不是说和别人交谈一点问题都不能解决，只是对于我这种总试图把很多事想清楚的人来说，获得答案本身并不是问题。需要的是一个自我肯定的过程。尤其是每一次在摇摆不定中自我消耗时。

你看到你想看到的。你听到你想听到的。

我要怎么才能让你明白我们是完全不同的两个个体。我要怎么才能真正独立而不受那些根深蒂固的影响。这些我都不知道。

所以我开始一次又一次在白天针锋相对地想要为自己在语言上争取一点独立，又在夜深人静时后悔自己说出那样的话。不够懂事。

遇到了解。

那是幸运的人才能遇到的吧。

我们嘴上大方承认着人与人之间是那么不同，又有多少人真正接受并尊重这个事实，还不是不可避免的陷入了误解和委屈。

谁都没错。只是“善意”和“为你好”之类的，能不能别当做伤害人的借口。

我讨厌越来越多的人把快乐当做一种追求 好像不快乐就不正确就无耻就该受到谴责一样。

和追求钱有什么区别呢。

也有人情绪基调总是低两个八度，而他们同样在认真生活。

大多数人口中的快乐，不是任何事的充要条件。

如果坚持着不被广义理解的另一种生活，面前会有数不清的麻烦和另一个维度的快乐。

就让我们以各自的方式继续生活吧。我们互相不接受的，在生活里都将被接受。

而

2012-08-23 01:10:26

“每个人都很孤独。在我们的一生中，遇到爱，遇到性，都不稀罕，稀罕的是遇到了解。”

这是廖一梅《柔软》里女医生的台词。

说实话，我常被自己别别扭扭的坏脾气搞得狼狈并且极度沮丧

所以哪天我又变得不可理喻的时候

就别再要求我善解人意懂事聪明善良温柔了好么

别在我身上坚持什么

因为我和你是完全不同的个体。

你想在我身上找到的答案或许只是我生命的一部分

你对我的种种不解我也懒得多做解释

和解并不一定建立在理解上

也许是妥协

也许是放弃

也许是善意

也许只是爱。

等我想想

2012-08-16 23:58:15

吵架的时候想明白一件事

对于我这样的懒人

不满并不是一件坏事。

如果不是常常对人对事对生活对世界存在着种种不满

不满之后尝试着改变

我也许无为而治了

也许早就是个废物了

而我认为后者的可能性更大一些。

很多时候我以为我在改变的是别的什么

但是每隔一段时间当我回头时，才恍然大悟被改变最多的是自己

我不愿意把这称为妥协，而且也确实和妥协不同。

这是一个在很多方面极度被动的人做出的选择，难得的主动。

我倒不觉得不满一定是负面的。

可惜这想法并不是大多数人都能理解。

而我又实在不知道怎么向他们解释我其实不是对他们有所坚持

我是在和自己较劲呢。

这本来就和把自己从泥地里揪出来一样困难

况且我又从未“超脱”到忍心看着别人因为我的苦恼而更加苦恼。

所以我想最好的办法就是

我不说，你也不用懂。

反正这世界上存在的误解不少于恒河沙数

也不会因为又多了一个就爆炸了

这是我和解的方式。也是我爱你的方式。

2012–7–27 01:02:28

以前我不懂　为什么有的人唱一首大俗歌也能唱到哽咽
今天突然明白了　有些事简单的没道理
比如疼痛
你在哪里都疼
你做什么都疼
爱也一样。

下午听朋友唱了首歌　叫哭砂
“风吹来的砂落在悲伤的眼里　谁都看出我在等你……”
朋友唱得太好听　我在旁边不小心就感慨了
后来又想到另一首歌
“你要如何离别仍需游荡的旅人
要如何让缘分就是缘分……”

其实我一直觉得我有亲密恐惧症
我是说心理上的。
不然　在过去那么长的一段时间里

很多事很多人，也不会就这样无疾而终。
只是我又没有自己以为的那样决绝
偶尔想起来也会觉得特别遗憾
难过的不想说话

不过看到你们都好
而我们之间也没有断了联系
这样也就足够了
剩下的
不如就像张悬唱的那样
“让缘分就是缘分”吧。

粗卡

2012-07-13 22:18:03

昨天晚上去跑步
有一段跑道上人不多
就闭上眼睛跑了几十步。
那种感觉挺好的，值得试试。

有一段时间我变得很不爱过生日
每每临近，就会陷入一种焦虑
想尽办法想在自己的生日
消失一天。

直到又过了几年　意识到自己不该辜负别人的用心
慢慢地也就不再那么排斥了
有人在忙忙碌碌中
记得这一天，是你的生日。
有人一向早睡却为你等到午夜。
你会明白
有那么多人，以不同的方式爱你、相信你。

而你对自己，也依然有所期待。

很多事情都应该像橡皮泥一样
你花的心思越多
它就会越接近你期待的样子
虽然有时候当你用力过猛
它变得一团糟
但那也不是无法挽救的事
你只需要“再来一次”的耐心和坚持就够了

生活中的意外和附加条款已然太多
所以有时候我选择去相信事情最简单的一面。
我相信自然、食物和睡眠
相信大多数人不会伤害我。
相信你们也相信我自己

20 岁以前就是这样了。

伪话唠

2012-06-22 00:06:58

也是最近才发现

我一直隐藏了一个话唠模式。

至于开启的方式

那就是：看人也看心情

果然一过了万不得已（比如补考高数）的时候

又会自动切换回自由散漫的状态。

不小心空虚了起来。

One Day

2012–06–15 03:11:43

好吧其实我根本不会总结。

八页的英国社会材料被我总结成了六页

所以

如果我说我要写篇日记给一段日子下个结论

那就直接奠定了这篇日记“ 我说不清 你也读不懂”的基调。

只有一件事我特别确定

这不是 the best of times

也一定不是 the worst of times

只是所有的事情都开始向我从没有想过的方向发展

或者

以前我以为的可能性其实本身就是局限呢。

“你眷恋的都已离去　你问过自己无数次想放弃的眼前全在这里。”

就是这样的感觉。

其实，生活处处都一样

有食物　睡眠　期待　抵触　挫败　梦想　喜欢的事　讨厌的人……

这些东西永远都在。

只是变成了新的形态重新刺痛你再安慰你。

大多数时候我都乐此不疲的接受着。

毕竟不是所有更接近本质的东西都会让人觉得更踏实。

你是希尔瑞斯吗

2012-05-27 22:09:16

脾气差的有点离谱了。

每天有一大半时间呈现面瘫状

我把很多别人的事情当成了我们的

把我们的要共同承担的当成了我的

而明明是最需要自己做好的事情就只好假装是外星人的

日子过得被动。

我也很忧愁幽思啊，

为什么我就作不出离骚呢。

I’m serious.

老板我要买两吨橡皮泥捏个飞船回火星。

我不适合过五月

能不能找个凉快地方然后

wake me up when May ends？

短期内集中做了特别多离谱的事

比如

昨天我预感到晚上会冷

就直接穿了两件睡衣……

比如发现食堂的热馒头非常适合给眼睛做热敷

间歇性极度不自立，生活其实很凶险……

These days

2012-02-09 00:50:09

有个朋友曾经对我说：

“我想打一个喷嚏 过去在想念我们。”

不该强求别人为你驻足，这道理我明白，只是太喜欢你们的时候，就突然忘记了。

我尽量记住每一段我们一起度过的时光，像宝石一样戴在心上。

老板，来一瓶情商！

2012-02-04 02:14:20

总觉得自己情商可能是负的。

或者说　看人也看心情　但主要还是看人。

我坐在一团矛盾里看着别人和别人的一团矛盾

这样的时候也就释然了：

C'est La Vie.

磕磕碰碰地往前摸索，

如果不多想不多问

或许能走得更快一点

有些问题会和你走很远

有些是新的

有些会消失

有些会留下点什么给你

比如伤疤　比如疼痛　比如爱。

我要更努力一点

21st Aug.

2012-03-12 22:48:55

有些事我也想不通

我能给自己的答案或许是

时间不对而已。我不是不后悔。

也只好学着接受一期一会的事情。

人也一样。

These Days

2012-2-18 02:13:36

我是个惯性巨大的人。

尤其是这几天又胖了几斤之后。

最近有很多不切实际的念头

最近我有点想念以前。

考试周又看了一遍 3 idiots

法兰说他想当摄影师的那一段

真让人难过。

如果有一瞬间你觉得被触动

那一定是因为有一部分和你重合

不是所有的梦想都来得及实现

2012-01-26 23:46:28

也许是因为高数挂了才开始居危思危。

但又并不十分确定自己在想什么

确定的是，这些问题只能自己承担

反正多余的时间不能全长在体重上。

年年

2012-01-23 00:38:09

通过宵之后，黑夜就不再神秘了。

彼得潘和小叮当从没来过。

事实上有些事不知道比知道好

有句话说：“你所不知道的不会伤害你。”

好像是从离开高中起　对节日突然失去了兴趣

坦白讲　并不只是节日

还有那些心动过的事儿和人儿

你可以得到很多　看你愿意拿什么去置换了

那是初中化学课就明白的道理。

要吃得健康一点　不要熬夜　有空去跑步　不冷的时候就去晨读

图书馆比宿舍好　自习教室也好

不能懒得洗衣服　不能生气了就挂别人电话

不要逃课　周末也不能起太晚

要认识新“盆友”

别再长胖　记得涂防晒霜和打伞

柜子里要放除湿盒　出门得带钥匙

不要浪费粮食

对自己耐心一点

日子可以过的有趣但生活不是儿戏

一定有做不到的　努力就好

庸人扰之而烦耳

2012-01-22 01:17:13

世上本无事，庸人自扰之。

无聊的时候就能干出许多好玩的不好玩的事来。

其实只要稍微走出 comfort zone 就会发现很多问题都不够被当做问题

只要你别溺爱自己。

A 和弦

2012–01–18 02:18:01

好像是昨天还觉得我好像没什么可能性了
看到高数成绩忍不住说了句：
妈的大一就让我人生完整了

也许有一天也能带点英雄主义色彩
给别人讲讲我和高数是如何斗争到地老天荒的
这更印证了一句话：冷暖自知。

《像我这样笨拙的生活》
读每一句都想停下来点点头
说：对对，就是这样。

一天

2012-01-15 19:28:16

有人天生就容易被伤害
也因此学会了假装不经意地伤害别人。
但这是不对的。
最近我终于可以以过来人的身份
平静地说点什么
揭一揭伤疤。

终于有一天
我可以在自己的生活里
假装路人。

风筝

2012-01-02 23:33:15

人是没办法抛开过去的
带着你往前走的不只是你现在的想法
还有你过去经历过的一切。

从来不觉得没做什么事情会让我人生不完整
人生本就是空的
放进去的才是你的。

2011

Same old same old

2011–12–31 23:40:21

我的跨年活动是通宵背毛概。

这真是太棒了。

原来是因为莱布尼茨没有牛顿名气大

2011-12-22 01:22:44

高数老师讲出了本质。

哪里出了错

2011-12-21 20:08:06

最近的日子

就像把 improper 拼成了

i[n]proper 的感觉

省略号

2011-10-04 00:15:35

其实很少在车上睡着
但报到那天昏昏沉沉睡了很久
后来隐约知道车子开上了滚轮
后来看到了学校迎新的条幅

后来就到了现在

一个月时间能改变的不多
记得写上一篇小总结时也是这样
可乐　音乐　豆瓣
都没变。

但又特别清楚　有些东西
已经留或被留在身后
无法继续

“我很好啊”

“我挺好的”

“我还好”

不知道从什么时候起

好变成了底线。

是敷衍还是什么　连自己都混淆了。

我劝自己永远不要对未来的某一件事太过执着。

它会在臆想中完美起来，慢慢变成你生命的一部分，理直气壮。

直到你发现你走不到那里。

那一部分就轰然坠地。

而失望比希望真实。痛比快乐真实。

其实我想说的是：上大学挺好的，虽然和想象中不太一样……

but, 谁能想到以后的事呢

farewell

2011-09-06 02:11:22

老树觉得自己又老了今天。

不知道为什么能讲出那么多道理

讲给别人听　是很简单的事

别人听了然后懂了　稍微难一点

自己接受最难。

End of earth

2011–08–07 19:37:07

那天晚上也忘了是想到了什么

眼泪一直停不下来

哭累了就去睡觉了

第二天上课眼睛还是肿的

盯着黑板上看不懂的高数，像不眨眼的死鱼

以后还会有很多这样的日子吧

即使得不到自己想要的　日子也会过下去

也许慢一点。

像没气的可乐

什么都好　什么都不完整

但生活本身并不是结论

2011-8-20 23:55:23

days matter 告诉我

我还有 20 天就要走了。

虽然每次看见别人花花绿绿的日记本都会羡慕

但我依然没有好好写日记的觉悟

以前还会坚持每天记一句

“某某很贱”

“什么什么很好吃”

“今天没写完作业” 之类的

离开学校之后

每日一句日记本也变成了整页的空白。

越来越多的日子就这么丢了。

哪里的 lost&found 可以找到它们呢?

记得高二期末考试前

每天晚上都会关掉所有的灯

安静地坐在床上

打开一个叫 on the go 的 list

闭上眼睛听几首歌

然后深呼吸　开灯　继续看书

life on the go……

小日子

2011-07-24 17:13:21

昨天没带钥匙　就在楼下和那只猫玩了一会
猫明显懒得理我
追着它的小黑虫子跑

早上关掉所有叫我起床的东西
做了一个比醒来快乐的梦
有没有一辆巴士
开进梦里　单程也没关系。

无状态

2011-07-18 23:40:25

小队长又出了新专辑。

他继续唱我继续听。

我觉得慢灵魂是个很好的概念，让我想起了以前读过的一个小故事：

“有一天，维尼在家里睡懒觉，天上突然下起雨来，一点一点地浸没了他的床脚。维尼看着雨，心里有点烦恼，但一会儿就又睡着了。第二天，雨又下了一整天，把他的床再没了一点点。就这样，雨一直下了好几天，维尼的被子终于被打湿了，于是他只好从暖暖的被窝里爬出来，给粉红猪写了一封信，然后搬了一罐蜂蜜到房子外面的大树上，一边吃蜂蜜一边看雨，脚伸在外面荡呀荡。他终于把七八个蜂蜜罐里的蜂蜜都吃光了，水也开始没过大树了，这时粉红猪就驾着一艘小船来接他了。”

《三联》上一篇讲童书的文章。

“在一个无信仰的时代，至少阅读能让人心静下来，慢下来。孩子的成长能够优雅一点，从容一点。”

这话我也 cannot agree more 了

Tizzy Bac 唱“一个人渐成熟就会学着笑着泪流”
也许就是这样吧。
总觉得和 “却道天凉好个秋” 是相似的感觉

画画说我应该认真记日记
我是怕，以后会成为的人
不够喜欢现在的自己

事情记在心里　或者彻底忘记
也不是不好

自由

2011–06–03 01:19:15

保送这件事上

虽然这样的想法好像很不知感恩

但我始终不能接受我是个受益者

与结果无关　更多的是觉得　不值得

我越来越不明白自己当初在想什么

但我接受　也不后悔

毕竟努力永远值得尊重。

只是　如果不在那样的状态下度过两年多的时间

也许我会成为更好的人。

我是说　浮躁。不确定。拣尽寒枝。

捷径这种东西是不存在的

这道理我早该明白

渐渐

2011-04-29 23:12:14

如果不是刚才有人提到了分别
我也不会想到这些

我害怕谈论“以后”
但我期待有一天能再见面，和你们说说“后来”

真喜欢你们。喜欢到想把所谓的青春、所谓的好时光全部寄存在你们身上

永远没办法真的生气。

我没有自己认为的那样冷漠
很多本以为会无动于衷的人和事
其实都渐渐成为了我无法割舍的一部分。

天南
2011-04-05 00:01:41

哪里能找到一本全银河系加河外星系免签护照？

真希望现在闭上眼睛，

睁开时就能等到一个有阳光和风，有温度，百无聊赖的周日午后。

天气如此这般好，该下江南。

该做个善良简单有趣的人。

Blobloblossom

2011-03-20 14:20:11

有上不完的课是件好事。这是最近的想法。

看完《朱莉和茱莉亚》之后我的感想是

没分清谁是朱莉　谁是茱莉亚

罢了……学学做饭比较实在。

可惜努力的念头永远长且大于执行力。

我想当仙人掌，很高很高超级高的那种。

就站在路边对人笑　而且提供免费的拥抱

写给未来的海蛇号船长

2011-02-26 19:19:33

春节看到南极科考队在《新闻联播》里拜年

就想到你

记得带我去南极看企鹅。

我查过了　海参是水生软体动物

蘑菇才是真菌

重点是：等你回来一起涮了吧

comprom e

2011-02-14 23:22:45

说的好听点　我最近很不喜欢下结论
直白点 是在逃避。

很想要狂奔五百里　不知道会不会逃得出自己
只是单纯的寻找一种可能性。

世界很大　说得太多　像在嘲笑自己。

总得学会和习惯妥协
曾经的保护会变成牵绊
我只要佯装成自己就够了。

苦瓜

2011-01-25 16:44:32

“也不是真的想尽办法任性。”

一天我告诉于 sole 我觉得特别分裂

她说，分裂完就长大了。

屿

2011-01-12 10:29:43

如果你碰巧看到了我

就请拾起来继续上路吧

2010

苏两粒

2010–12–10 23:15:45

给老崔的纪念册上有好多我喜欢的照片

想偷偷的抠下来

然后就会想起老崔苦笑的脸

太邪恶了

和阿怡说好以后要开个火鸡养殖场

不用等到感恩节

想吃就可以抓一只

我也许要去个远远的地方

也许不久之后我就再也见不到很多人

也许还有机会

对以后的期待和判断　谁也不能理直气壮

而这世界　让人失望的事情又太多。

广义的好日子

2010–12–07 15:24:59

今天虽然不是广义的好天气

不过一直有种随时就能笑出来的轻松

鼻涕

2010-11-20 20:45:19

每天下午第一节课

都觉得空气被别人吸光了

感慨自己为什么不多长几个鼻子

可是感冒的时候

就又特别庆幸自己只有一个鼻子

总觉得 worn out 是说 socks

可是我最近也常常觉得这样

if

2010–10–30 18:00:10

即使都在走向自己想去的地方
分开也是件让人难过的事

淡水

2010–10–24 23:04:16

如果所有的事情都像我只要穿上紫鞋子就能长高一样

多快好省

那该多好。

奇奇奇迹

2010–09–26 19:31:26

写完数学卷子还有 20 分钟

对我来说就是个奇迹了

Beautiful One

2010-07-07 21:08:49

也许我一辈子都不会成为那样的人

但这一点都不妨碍我喜欢他们

又伟大又迷人

我不怕用一辈子的时间去完成自己

到那时

所有的烦恼

都会变成不相干的事

想了想你一直都在想的事情

2010-07-03 00:09:22

看过《三联》上大脑肥胖症的那篇文章之后

就懒得心安理得：

所有不想做的事都是技术免疫日

就像懒得去图书馆就设定不出门日

不想回短信就设定无短信日

今天是不吃饭日……

河堤

2010–6–13 23:11:19

那种被需要的感觉渐渐不见了

我们都长大了。

真正害怕的是　他们正在走出我的人生

而有一天

我是不是会以同样的方式走出自己曾经的梦想

我要先做完该做的事　再去

想念找不到答案又苦恼的每一天

Lily 说我们不过清明节

2010-04-03 22:41:17

我想回到那些

我做了让你们伤心的事的时候

和没有足够爱你们的时候

then fix

于 sole 和于 sole 们

2010–04–22 21:33:16

下午和于 sole 说了几句话

本来是很开心

后来不知道为什么又难过了起来。

这样的年月　快乐显得尴尬

离梦想那么近　但每走一步都焦虑又疲惫

哈士鹅

2010-03-13 00:12:22

走着走着　打个喷嚏　方向感就乱了

不想写作业就会“自然呆”一下

就像今天，幻想了一下

以后要寄一封贴保安族邮票的信给于 sole

故事都说完了

2010–02–28 00:00:03

“其无知，悲不几时，而不悲者无穷期矣。”

每次想到这句话　该生的气　就生不起来

好像是　所有的情绪　都受到了牵绊

我还是写歪歪扭扭的字

唱有时会跑调的歌

走路的频率永远慢半拍

也不是一定需要什么　或者不要什么

只是常常感到觉得绑手绑脚的疲惫

努力下去也许会看见

宽阔又耀眼的，大雨过后，晴朗的天.

在生活中找到的，会更踏实的

跳 tone

2010-02-22 00:43:22

越多的灯红酒绿越会发现自己的固执
根深蒂固
没有要改变的迹象
这样更好

焦头烂额了太久
只好在心里给自己一个长假
再往前走，
没有 wifi 的地方
直觉就是最好的方向

蜂蜜

2010-02-16 23:21:21

想要轻松说出一件事

不想在谁的头顶卷起一阵风

站在跷跷板中间不是平衡的办法

是惶惑不安，和患得患失

不过，站得久了，也就习惯了

过年好是会笑的气球

2010-02-13 20:00:03

所以祝你会笑的气球

微漾

2010-02-10 19:58:05

刚看了新周刊的情人节专题

蒋方舟说：“我相信爱情，

即使作为一个再悲观不过的人，

即使作为一个什么都怀疑的人，

即使不相信世界上有两个人无缘无故地对彼此好，即使为着全然自私的目的，

我还是要相信爱情。”

有那么多的范本，那么多。

好的坏的、真的、假的

拿来参考或者颠覆都好

有一天我发现自己的人生真尴尬

无比神经的病

2010-02-06 21:09:46

考试之前的某天的晚上吃完饭但还没有

晚自习的时候，

听到了一个八卦

主角是我太要好的朋友。

所以不免运用刚从地理课本学到的知识添油加醋地在心里加工了一番。

首先要综合感受

然后加以适当的想象

还要寓情于景、情景交融

如果能求质求真当然最好

Sounds like a funny trip

流岚

2010-02-04 22:48:32

虽然是很懒的人

认真起来　也会忘记休息

自己和自己的争辩

最容易没有结果　或者，两败俱伤

我就常常出现很分裂的时候

但于 Sole 说　分裂完就长大了。

我一直信任她

80% 完美的日子

2010-01-30 19:09:16

出几道历史选择题：

1. 笛卡尔把变量引进了（ ）

A. 数学 B. 语文 C. 政治 D. 历史

2.1600 年，英国人 ____ 发表了《论磁学》一书，研究了天然磁石的性质。

A. 吉尔伯特 B. 挤眼伯特 C. 挤嘴伯特 D. 挤眉伯特

3. 人们把 ___ 的建立作为近代科学形成的标志。

A. 牛顿力学体系 B. 猪顿力学体系 C. 驴顿力学体系 D. 羊顿力学体系

4.1838 年德意志植物学家 ___ 提出细胞是一切植物结构的基本单位。

A. 施来登 B. 干来登 C……没 C 了……

神经病的本质暴露无遗

80% 完美的日子

世界纷纷扰扰喧喧闹闹

真实的

或许比不上安稳的

我在寻找平衡的方法

上面那四道题的答案是

1.A

2.A

3.A

4. 还是 A

Sweet Farm Farm

2010–01–23 14:43:29

这是我日记本的名字。

拿着本子想了好久都想不起有什么值得记下的事

一天，然后好多天

他们告诉我这个阶段就该是这样。

或许是真的但何必呢？

前几天看到老段的一篇日记

然后想到很久没有和他联络了

作为朋友，很多时候我是十分不合格的

经常突然热心的让别人不知所措

又在别人真正需要关心的时候走开

抱歉，这样的自己　连我，都还不能适应和原谅

他们最近去了哪里　经历了什么　遇见了谁

我都粗心的忽略了

只顾着变换自己的样子

过多的关心着自己

可我记得他们每个人说话的语气

讲过的故事

写字的样子

发短信时会用的标点和表情

讨厌的人和爱吃的东西

冬了冬天

2010-01-07 21:23:37

习惯性的，出门就会说一句

“好冷”

不然就是

“冷死了”

如果进门，那就是

“好暖和啊”

我真的有点对不起人类的语言能力

Worn out

2010-12-30 00:40:00

最想成为的人，就是和我不一样的人

如果我这样说

你能不能了解一点我的苦恼。

但长大是一个人的事情。

2009

苹果

2009-12-23 00:30:51

中午跑到超市去买苹果

昨天买了纸　准备自己包好送给大家

所以你如果收到了

那真的是我亲手包的

于 sole 说我傻

不过我猜　她收到也会开心吧

那就够了

胖起来的镜子先生带你去飞

2009-11-28 19:23:47

自己越来越不明白的事

很多人已经经历过

早有结果和道理的东西

没办法和别人不一样

图书在版编目（CIP）数据

酸面团 / 王舒童著 . -- 北京 : 线装书局 , 2014.7
ISBN 978-7-5120-1476-3

Ⅰ . ①酸… Ⅱ . ①王… Ⅲ . ①散文集 – 中国 – 当代
Ⅳ . ① I267

中国版本图书馆 CIP 数据核字 (2014) 第 165370 号

酸面团

作　　者：王舒童
责任编辑：曹胜利
装帧设计：大卫书装
出版发行：线装書局
　　地　址：北京市西城区鼓楼西大街 41 号（100009）
　　电　话：010-64045283　64041012
　　网　址：www.xzhbc.com
经　　销：新华书店
印　　制：三河市宏顺兴印刷有限公司
开　　本：787mm × 1092 mm　1/32
印　　张：7.5
字　　数：45 千字
版　　次：2014 年 8 月第 1 版第 1 次印刷
印　　数：0001—1000 套

定　　价：19.80 元